PHILIPP WINTERBERG

D1325115

THE SAFEST PLACE IN THE WORLD
НАЙБЕЗПЕЧНІШЕ МІСЦЕ НА ЗЕМЛІ

English (English)
Ukrainian (Українська)

Translation (English): Sandra Hamer, David Hamer and EUP Team
Translation (Ukrainian): Yulia Sydorkova and Blend Team

www.philippwinterberg.com

On the morning Max was supposed to deliver a letter he was so frightened that ...

Одного ранку Макс повинен був доставити листа, але він був настільки наляканий, що...

... his friend Alexa had to comfort him,
"We'll fly together!"

"Thank you," said Max,
and they flew together.

... Алексі, його подрузі, довелося
його заспокоювати:
«Я полечу з тобою!»

«Дякую», - сказав Макс, і вони
полетіли разом.

They flew
and flew.

Вони все летіли
і летіли.

Until they reached
the old ship on the
old peak of the old
mountain.

Аж поки не
дісталися старого
корабля на вершині
давньої гори.

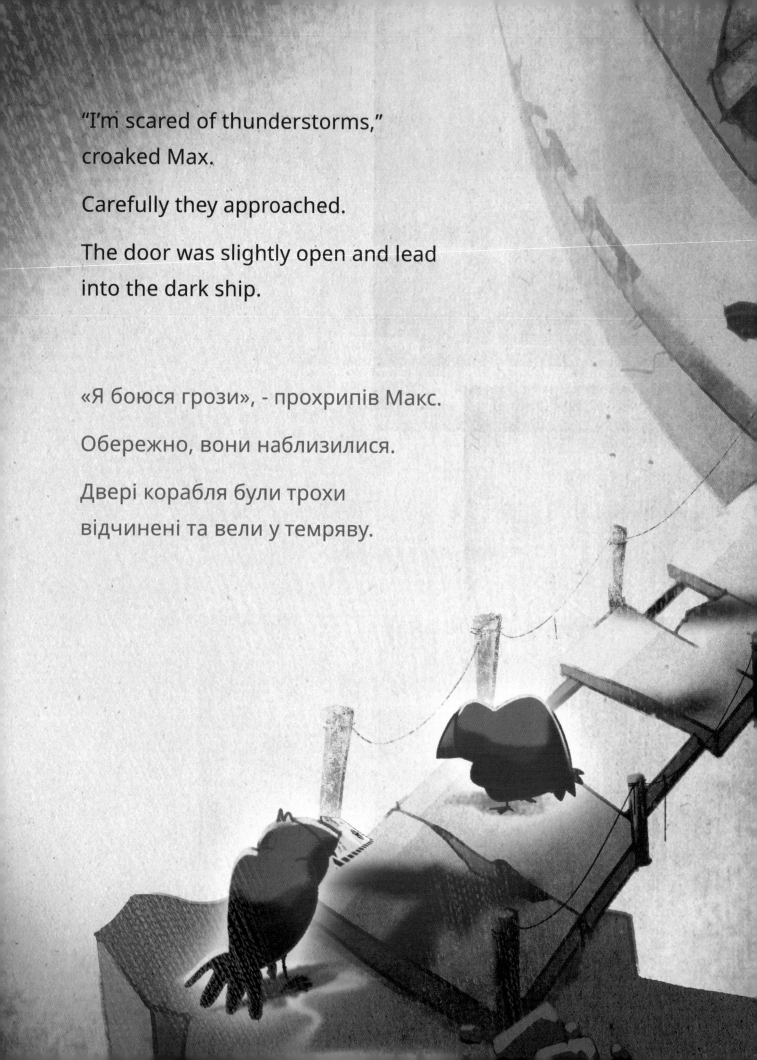

"I'm scared of thunderstorms,"
croaked Max.

Carefully they approached.

The door was slightly open and lead
into the dark ship.

«Я боюся грози», - прохрипів Макс.

Обережно, вони наблизилися.

Двері корабля були трохи
відчинені та вели у темряву.

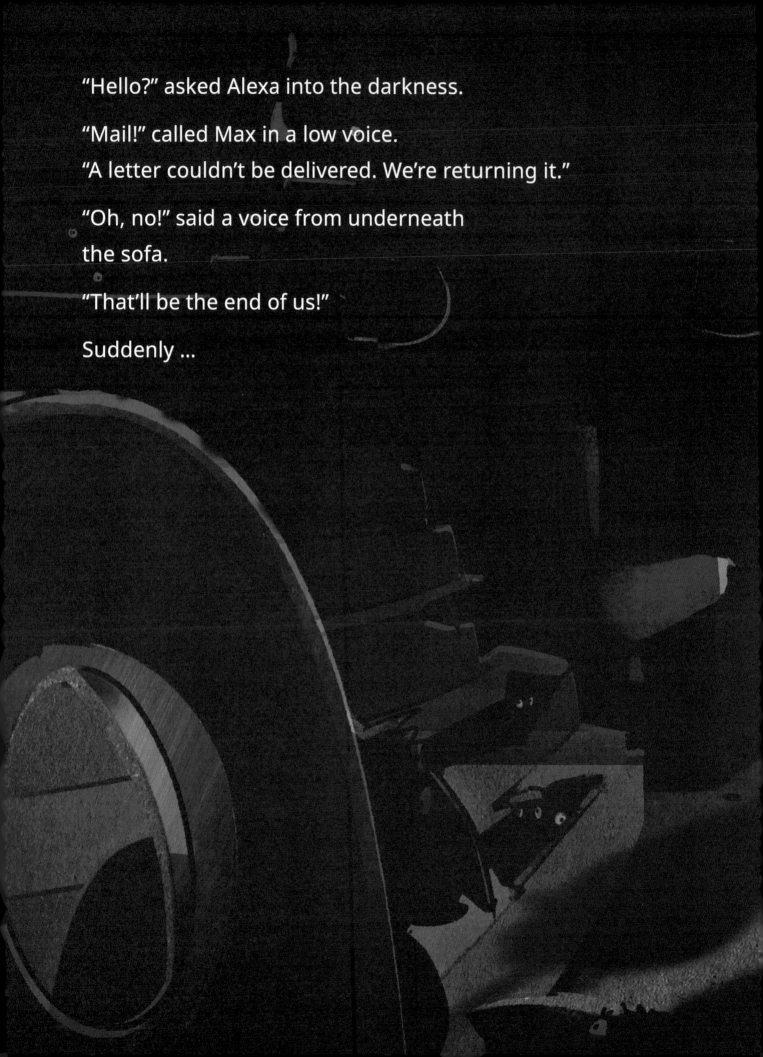

"Hello?" asked Alexa into the darkness.

"Mail!" called Max in a low voice.

"A letter couldn't be delivered. We're returning it."

"Oh, no!" said a voice from underneath
the sofa.

"That'll be the end of us!"

Suddenly ...

«Є хто вдома?» - промовила Алекса у темряву.

«Пошта!» - тихо гукнув Макс.

«Ми не змогли доставити листа, тому повертаємо його назад.»

«О, ні!» - пролунав голос з-під дивану.

«Нам кінець!»

Аж раптом...

... there was a flash!

...вдарила блискавка!

"You scared us so much!" Alexa laughed with relief.

"Really? That has never happened to us before! They call us scaredies, and normally we just scare ourselves. We are afraid of lightning in the wardrobe, fear of the world," the scaredy said.

«Ох ви нас і налякали!» - з полегшенням розсміялася Алекса.

«Справді? Такого з нами раніше ніколи не траплялося! Нас називають страхополохами, і, зазвичай, лякаємося саме ми. Ховаємося від блискавки у шафі, боїмося світу.» - сказав страхополох.

«Чому ж ви тоді живете у такому страшному місці?» - запитав Макс.

«Колись давно стався великий потоп», - пояснив страхополох, - «і, коли він закінчився, усі інші тварини повернулися на волю. Лише ми залишилися тут, бо це було найкраще та найбезпечніше місце у світі.»

"Then why do you live in such a scary place?" asked Max.

"There was a great flood," the scaredy explained, "and when it was over all the other animals went outside again. Only we didn't because this was the best and safest place in the world."

"But now the old ship is breaking up and we don't know where the new safest place in the world is," a scaredy with glasses sighed. Another scaredy excitedly fluttered closer, "You deliver the mail and know the whole world! Perhaps you could tell us where the new safest place in the world is?"

«Але зараз старий корабель розвалюється, і ми не знаємо, де шукати нове найбезпечніше місце на землі.» - зітхнув страхополох в окулярах. Інший страхополох схвильовано стрепенувся: «Ви доставляєте пошту і знаєте усі куточки світу! Може ви нам підкажете, де найбезпечніше місце на землі?»

"Oh! Please, please, please! That would be so lovely," a little scaredy with a helmet shouted.

"We wrote a letter to the captain so that he would help us," explained a scaredy with a life belt, "but we don't know where he lives now."

«Так! Будь ласка, будь ласочка! Це було б чудово!» - пропищав маленький страхополох у шоломі.

«Ми написали листа капітану, аби він нам допоміг», - пояснив страхополох з рятувальним кругом, -«але ми не знаємо, де він тепер живе.»

Alexa smiled, "The safest place in the world is with friends. With friends who know the area and can take care of you."

"We'd like to be your friends!" said Max. "Come with us, we have a very cozy nest."

Алекса усміхнулася: «Найбезпечніше місце на землі там, де поряд твої друзі. Друзі, які знають місцевість та завжди про вас подбають.»

«Ми хочемо бути вашими друзями!» - сказав Макс. «Ходімо з нами, у нашому гнізді дуже затишно.»

«Це було б дивовижно!» - засяяв страхополох в окулярах.

«Потрібно підготувати нашу повітряну кулю до відльоту.» - мовив страхополох з іграшковою вівцею та кудись побіг.

"That's marvelous!" cheered the scaredy with glasses.

"Then we can get our run-for-it-balloon ready for take-off," said a scaredy with a sheep happily and ran off.

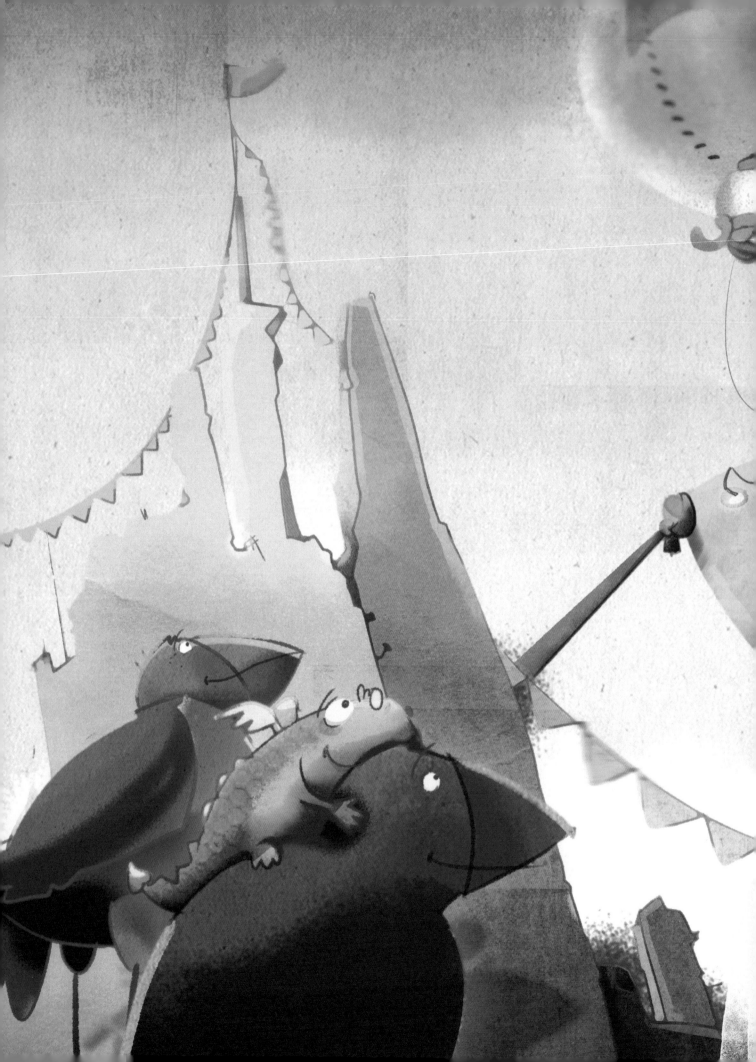

"The second safest place in the world is definitely our run-for-it-balloon," explained the scaredy with glasses. "Two safety nets! Searchlights on all four sides! Fire extinguishers! Flying rescue carpets! Lightning conductors!"

«Друге найбезпечніше місце на землі - це, безумовно наша повітряна куля.» - пояснив страхополох в окулярах, - «Дві захисні сітки! Прожектори з усіх чотирьох сторін! Вогнегасники! Летючі рятувальні килими! Блискавковідводи!»

"Luggage and plants first!" a scaredy with an umbrella shouted.

"This red suitcase is too heavy!" another scaredy moaned. "Are there fire extinguishers inside? All right! Go on! All aboard! Departure in five minutes!"

«Спершу багаж та рослини!» - крикнув страхополох з парасолькою.

«Ця червона валіза занадто важка!» - застогнав інший страхополох, - «Вогнегасники завантажені? Гаразд! Приготуватися! Всі на борт! Виліт через п'ять хвилин!»

"Let's go!" shouted Alexa.

"Let's go!" shouted the scaredies.

They all flew off together.

«Летимо!» - вигукнула Алекса.

«Летимо!» - закричали страхополохи.

І усі разом вони відлетіли.

They flew
and flew.

Вони все летіли
і летіли.

Until they reached
the safest place
in the world, ...

Аж доки досягли
найбезпечнішого
місця на землі, ...

... where sweet dreams were already waiting for them.

... де на них уже чекали солодкі сни.

Philipp B. Winterberg M.A. studied
Communication Science, Psychology and Law.
He lives in Berlin and loves being multifaceted:
He went parachuting in Namibia, meditated in
Thailand, and swam with sharks and stingrays
in Fiji and Polynesia.

Philipp Winterberg's books introduce new
perspectives on essential themes like friendship,
mindfulness and happiness. They are read in
languages and countries all over the globe.

Printed in Great Britain
by Amazon

78616787R00025